AF357195

ÉROSINE,

PASTORALE HÉROÏQUE.

Représentée devant SA MAJESTÉ,
à Fontainebleau, le 2 Novembre 1769.

DE L'IMPRIMERIE

De PIERRE-ROBERT-CHRISTOPHE BALLARD, seul Imprimeur
pour la Musique de la Chambre & Menus-Plaisirs du Roi,
& seul Imprimeur de la grande Chapelle de Sa Majesté.

M. DCC. LXIX.

Par exprès Commandement de Sa Majesté.

Le Paroles font de M. de MONGRIF, Lecteur
de la Reine ; l'un des Quarante de l'Académie
Françoife.

La Mufique eft de M. BERTON, Maître de la
Mufique du Roi , & Directeur de l'Académie-
Royale de Mufique.

Les Ballèts font de la Compôfition de M. de
LAVAL, Compôfiteur des Ballèts de Sa Majefté.

ACTEURS DES CHŒURS.

LES DEMOISELLES.

Canavas.	D'Egremont.
Dubois. C.	Aubert.
Bertin.	Duchateau.
Desjardins.	Dumas.

LES SIEURS.

Ducroc.	Le Begue.
Joguet.	Bazire. L.
Guerin.	Befche 3e.
L'Evefque.	Camus. L.
Bofquillon.	Bazire C.
Abraham.	Charles.
Cochois.	Joli.
Roifin.	Marcou.
Cachelievre.	Couffy.
Cuvillier.	Puceneau.

PERSONNAGES DANSANTS.

PREMIER DIVERTISSEMENT.

FAUNES ET DRYADES.

Les Srs. Hiacinte, Lelievre, Dubois.

Les Dlles. Blondeval, Gillſenan,
l'Huillier.

BERGERS ET BERGERES.

Le Sr. Veſtris.   La Dlle. Guimard.

Les Srs. Béat, Gardel, C. Giguet.

SECOND DIVERTISSEMENT.

EUROPÉENS.

Le Sr. Gardel.   La Dlle. Hejnel.

Les Srs. Rogier, des Préaux.

Les Dlles. de Miré, Lescot.

ASIATIQUES.

Les Srs. Leger, Rivière.

Les Dlles. Gaudot, Grandi.

AMÉRIQUAINS.

Les Srs. Trupti, Lani, C.

Les Dlle. la Chaſſaigne, Adeline.

AFRIQUAINS.

Les Srs. Lani, Dauberval.

Les Dlles. Allard, Peſlin.

Les Srs. Malter, Delaiſtre.

Les Dlles. Lafond, d'Ervieux.

Mlles Canavas
LeMonier
favier
Dubois cadette
Bouillon
Aubert

Dmes Bertin
Camus
meZieres
Desjardins
Degremont
Dumatz
Duchateau

ACTEURS

CHANTANTS.

ÉROSINE, *Nimphe de Tempé*,   La Dlle. Arnoud.

ZAMNIS, *amant d'Érosine*,   Le Sr. le Gros.

ZÉLIMA, *compagne d'Érosine*,   La Dlle. Rozalie.

CHŒUR de BERGERS & de BERGERES, repréſentant des DIVINITÉS champêtres.

CHŒUR DE FAVORIS DES MUSES, & de différents Peuples qui poſſedent les tréſors de la terre.

Bergers au 1er Divert.ment

M.rs Joquet
l'Eveque
Le Beque
Bastreeau
Joli
Coutti
Puceau
Benche 3.e
Camus
Cochois

Au Second Divertiſ-
ſement, Tous les chœurs
en habits de differens
Peuples dela Terre.

Faunes au 1er Diver.

M.rs Ducroc
Guerin
Chabraham
Borquillon
Roisin
Basire ainé
Cathelicure
Cuvilier
Marcou
Charles.

6 Compars en 6 Bergers avec des Instruments champetres.
au 1.er Divertissement — Ils seront parés dans les
m.ts de la Danse. /

ÉROSINE,

PASTORALE-HÉROÏQUE.

Le Théâtre représente un séjour champêtre.

SCÈNE PREMIERE.

ZAMNIS, & plusieurs Pasteurs représentants
des Divinités champêtres.

ZAMNIS.

Ouverture

Prelude de 26.
mesures sur lequel
Zamnis et les chœurs
entrent par le fond
du Theatre.

Zamnis est precedé
des 6 symphonistes
Compars qui parois-
sent sur les dernieres
mesures de l'ouver-
ture. /

Chantons, offrons à la belle Érosine,
D'ingénieux amusements.
Sans peine on imagine
Des jeux nouveaux pour les objèts
charmants.

Branchages et autres ustencilles que
la Danse doit porter pour la Décoration
au p.er Divertissement. /

Quand nos fêtes éclatent,
Divers tableaux, à tous moments,
L'attirent, l'étonnent, la flattent :
Ils lui semblent formés par des enchan-
tements.

LE CHŒUR.

Chantons, offrons, à la belle Érosine
D'ingénieux amusements.
Sans peine on imagine
Des jeux nouveaux pour les objèts
charmants.

ZAMNIS.

(*Aux Pasteurs.*)　(*à part.*)

Allés............. Entretenons, par une
heureuse adresse,
La douce erreur qui l'occupe sans-cèsse. ✗

(*Les Pasteurs rentrent dans la grotte.*)

+ sur la simphonie tout le
monde se retire, les 6. simph.
compass les premiers :/.

SCÊNE

SCÈNE SECONDE.

ZAMNIS, *seul.*

CE n'eſt pas un crime en aimant,
D'emprunter un peu d'art pour plaire.
Au ſeul nom de l'Amour, à l'aſpect d'un
 amant,
Éroſine feſoit éclater ſa colere.
 Nos jeux, quel heureux changement !
Ont adouci cette âme à l'Amour ſi contraire.

 Ce n'eſt pas un crime en aimant,
 D'emprunter un peu d'art pour plaire.

Entre elle & Zélima, ſa compagne ordinaire.
 Mes ſoins, partagés conſtamment,
Laîſſent douter qui des deux m'eſt plus
 chere :
Éroſine s'applique à percer ce miſtère ;
Augmentons, s'il ſe peut, ce doux emprèſ-
 ſement.

 Ce n'eſt pas un crime en aimant,
 D'emprunter un peut d'art pour plaire.

Elle paroît, fuyons; &, par de nouveaux jeux,
Excitons ſa ſurpriſe, en amuſant ſes yeux.
B

ZÉLIMA.
L'inconnu vous rendoit hommage.

ÉROSINE.

Soyons de bonne foi : nous l'aimons toutes
deux.

ZÉLIMA.

Vous feule, & j'y confens, fixerés tous fes
vœux.

ÉROSINE.
Non, non : parlés, fans vous contraindre.

Hé ! de quoi pourrois-je me plaindre ?
On fent fi bien qu'il eft fait pour charmer,
Qu'à fa rivale même,
On pardonneroit de l'aimer.

Mais comment de nous deux juger celle
qu'il aime ?

ZÉLIMA.
Voulés-vous connoître un portrait
De la beauté qu'il préfere ?
Confultés cette onde fi claire,
De l'inconnu vous faurés le fecret :

B ij

SCÊNE QUATRIEME.

(Z AMNIS, *environné de pasteurs, qui, au*
son des instruments, portent des branchages,
formes des piramides, des piés d'estaux
& des vâses de fleurs ; ils placent de cha-
que côté du théâtre une sorte de trône, où
ÉROSINE *&* ZELIMA *sont placées par les*
Divinités qui forment le ballet, & pendant
la fête toutes deux reçoivent une couronne,
sans que rien marque aucune préference.)

ZAMNIS.

QU'A nos accords tout réponde :
Je les offre à l'objet qui seul m'ait enchanté.
Que sont les talents dans le monde,
S'ils ne célebrent la beauté ?

ZAMNIS ET LE CHŒUR.

Qu'un charme heureux
L'inspire,
L'attire ;

D'un trait flatteur
Que la vive ardeur
Soit son bonheur.
Que, dans son âme,
Règne l'amour : qu'il trïomphe, l'enflâme
De tous ses feux :
Ah ! ah ! quel sort heureux !

Qu'à nos accords tout réponde :

Offrons-les à l'objet qui seul { m'ait / l'ait } enchanté.

Que font les talents dans le monde,
S'ils ne célebrent la beauté ?

ZAMNIS, seul.

Vainement nos jeux chaque jour,
S'emprèssent
Et renaîssent :

(*Avec le Chœur.*)

Sans l'Amour, non, non, jamais
Rien n'a d'attraits.
Divin Amour !

SCÊNE CINQUIEME.

(Les Perfonnages de la fête fe retirent.
ZÉLIMA rentre avec eux. ZAMNIS s'avance
pour les fuivre, ÉROSINE l'arrête.)

ÉROSINE.

Quoi, déja vos jeux font finis !
Pourquoi quitter ces lieux par votre art
    embellis ?
Vous n'y voyés donc plus l'objet de votre
    fête ?

ZAMNIS.

Si le feul plaifir des jeux,
Dans ce féjour vous arrête,
Parlés, & bientôt à vos yeux
D'autres fpectacles vont paroître.

ÉROSINE.

Comment un enchanteur fait - il fi peu
    connoître
Ce qui m'intereffoit dans de fi doux mo-
    ments ?

ZAMNIS.

Z A M N I S.

Je n'ai pas des enchantements
    La science infinie ;
    Mais le plus puissant Génie
Dirige tous mes soins, & peint mes sen-
        timents.

É R O S I N E.

Son art, ingénïeux & tendre,
Sert bien ce même amour, dont vous ca-
        chés l'objet.
Quel est donc ce Génie ? ah ! daignés me
        l'apprendre.

Z A M N I S.

Vous le connoîtrés mal, si lui-même en
        secret,
    Ne se plaît à vous en instruire.

É R O S I N E.

Pourquoi me le cacher, si vous pouvés le
        dire ?
Parlés, avec plaisir j'entendrai son portrait.

Z A M N I S.

    Vous ?

C

ÉROSINE.

Ne tardés pas davantage.

ZAMNIS.

J'obéis, mais à regret ;
Vous croirés que d'un monſtre on vous
trace l'image.

Tiran impérïeux,
Vainqueur le plus aimable ;
Timide, audacïeux,
Indulgent, implacable ;
Par un charme inexplicable,
Il eſt, dans le même moment,
Cruel, haïſſable,
Flateur & charmant.

ÉROSINE.

Ciel ! quel melange redoutable !

ZAMNIS.

Le barbare ! il a preſcrit
Les ſeuls mots qui pourroient m'ap-
prendre
S'il eſt vrai qu'on me cherit.
Envain je brûlerai de l'amour le plus tendre.

Z AMNIS, *aux genoux d'*ÉROSINE.

Ah ! charmante Érofine ! Amour ! bonheur
      fuprême !
     Enfin votre cœur défarmé
     Cede à ma tendreffe extrême.
Ne voyés que l'amant, oubliés l'enchan-
     teur :
Tout mon art eft d'aimer de la plus tendre
     ardeur.

        É R O S I N E.

Quand je croyois en vous, voir un pouvoir
     fuprême,
Jugés fi l'enchanteur pouvoit feul m'en-
     flâmer !
Je difois en fecret, s'il ne veut que charmer,
     Il n'a befoin que de lui-même.

        Z AMNIS.

    De la flâme qu'Amour m'infpire
    Partagés la tendre ardeur.

        É R O S I N E.

    De la flâme qui vous infpire
    Exprimés la tendre ardeur.

É R O S I N E.

Chantés aux accords de la lire,
Tous les dons charmants réunis :
Aux Amours vous entendrés dire :
» C'eſt là le portrait de Zamnis.

C H Œ U R.

Chantons, &c.

É R O S I N E.

Les accents dont il eſt le maître ,
Touchent le cœur le plus glacé.
S'il ſent les plaiſirs qu'il fait naître ,
Combien il eſt récompenſé !

C H Œ U R.

Les accents , &c.

Z A M N I S.

On n'a point vu dans Vénus même ,
Un ſecret ſi beau de charmer :
Pour enchanter l'amant qu'elle aime ,
Éroſine ne ſait qu'aimer.

C H Œ U R.

On n'a point vu , &c.

ZAMNIS.

Pourroit-on , sous son tendre empire ,
Ne pas toûjours mieux s'engager ?
Elle plaît, comme elle respire ,
Sans aucun art , sans y songer.

ZAMNIS ET LE CHŒUR.

Elle plaît, comme elle respire ,
Sans aucun art , sans y songer.

(On danse.)

ZAMNIS.

Sous les loix de l'Himen quand l'Amour
nous engage ,
Il trïomphe en comblant nos desirs :
Ce Dieu ne permet pas qu'une flâme vo-
lage ,
Trouble sa gloire & nos plaisirs.

*L'acte finit par des danses des Favoris du Dieu
des Richesses.*

FIN.